永《えい》遠《えん》の向《む》こう側《がわ》

甲斐《かい》 木綿子《ゆうこ》

文芸社

イラスト／甲斐　木綿子

永遠《えいえん》の向《む》こう側《がわ》

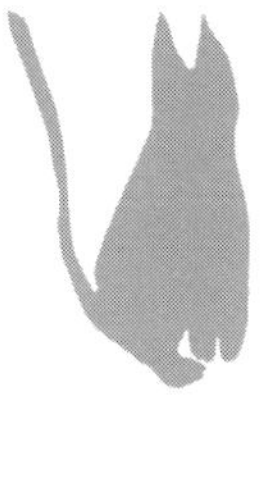

愛《あい》を知《し》らなかった猫《ねこ》と
愛《あい》されたくてたまらなかった人間《にんげん》が起《お》こした
奇跡《きせき》のお話《はなし》です。

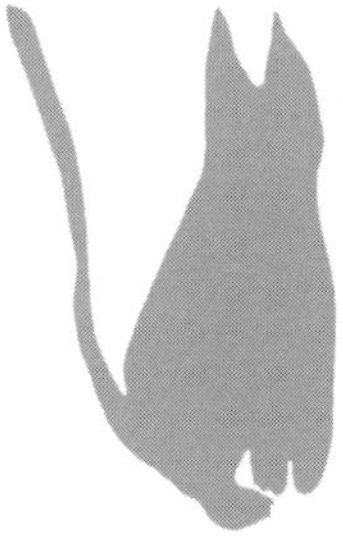

猫《ねこ》のミューは、人間《にんげん》が嫌《きら》いでした。石《いし》を投《な》げられたり、追《お》いかけまわされたりするからです。

ミューは、生《う》まれて間《ま》もなくノラ猫《ねこ》になりました。お父《とう》さんも、お母《かあ》さんも、ミューが生《う》まれて間《ま》もなく死《し》んでしまって、友達《ともだち》もいません。ずっと独《ひと》りで、楽《たの》しいこともなく生《い》きてきました。

ある日《ひ》ミューは、人間《にんげん》の男《おとこ》の子《こ》達《たち》にビニール袋《ぶくろ》に入《い》れられたまま、道《みち》にほうり出《だ》されてしまいました。ミューは怖《こわ》くて、息《いき》も苦《くる》しくて、だんだん動《うご》けなくなっていきました。でも、全然《ぜんぜん》悲《かな》しくありません。だって、生《い》きていても楽《たの》しいことなんて何一《なにひと》つなくて、ずっと感情《かんじょう》を押《お》し殺《ころ》して、たった独《ひと》りで生《い》きていたから。

すうっと意識《いしき》が消《き》えそうになった時《とき》、一人《ひとり》の人間《にんげん》の男《おとこ》の子《こ》が近《ちか》づいて来《く》るのが見《み》えました。ミューは目《め》を閉《と》じました。何《なに》も思《おも》い残《のこ》すことはありません。ミューの意識《いしき》は、そのまま消《き》えていきました。

気《き》がつくと、温《あたた》かい家《いえ》の中《なか》にいました。

『あぁ、そっか、ここは天国《てんごく》なんだ』

と思《おも》いました。すると、急《きゅう》にふわっと体《からだ》が宙《ちゅう》に浮《う》き、温《あたた》かくいい匂《にお》いのする雲《くも》のようなところに、ポスッと降《お》りました。

「目《め》が覚《さ》めたんだね、ネコちゃん」

ミューはその声《こえ》にびっくりしました。雲《くも》と思《おも》っていたフカフカの場所《ばしょ》は、人間《にんげん》の男《おとこ》の子《こ》の胸《むね》の中《なか》だったからです。

どんなひどいことをされるのかと、ミューは震《ふる》え上《あ》がりました。ミューに体力《たいりょく》はもうありません。逃《に》げることもできないのです。

ガタガタと震《ふる》えるミューを見《み》て、男《おとこ》の子《こ》は言《い》いました。

「寒《さむ》いの？　今《いま》、お風呂《ふろ》に入《い》れてあげるね」

生《う》まれてきて一度《いちど》もお風呂《ふろ》なんて入《はい》ったことはありません。ミューはどんなところかわからなかったので、怖《こわ》くてギュッと目《め》を閉《と》じました。

「黒《くろ》ネコちゃん。きれいに洗《あら》ってあげるから、ちょっとがまんするんだよ」

バシャッとミューの体《からだ》に温《あたた》かなお湯《ゆ》がかかりました。そして男《おとこ》の子《こ》は、とてもいい香《かお》りのするせっけんでミューを洗《あら》いだしました。泡《あわ》が目《め》に入《はい》らないように男《おとこ》の子《こ》は気《き》にしながら、ミューを優《やさ》しく洗《あら》っていきます。ミューを洗《あら》うその手《て》は、まるで生《う》まれた時《とき》に自分《じぶん》の体《からだ》をなめてくれたお母《かあ》さんのように優《やさ》しく温《あたた》かかったのです。

「出来上《できあ》がりだよ。あはは、黒《くろ》ネコちゃんが、白《しろ》ネコちゃんになっちゃったね」

まっ黒《くろ》だったミューの体《からだ》は、男《おとこ》の子《こ》のおかげで白《しろ》くなりました。ミューは本当《ほんとう》は、白猫《しろねこ》だったのです。

「おなかがすいているのかな？　さぁ、こっちへおいで。ミルクとパンがあるよ」

おなかがペコペコだったミューは、差《さ》し出《だ》されたミルクとパンを、あっという間《ま》に食《た》べてしまいました。もうずっと長《なが》い間《あいだ》、おなかがいっぱいになるまでごはんなんて食《た》べていなかったのです。

おなかがいっぱいになると、ミューは眠《ねむ》くなってしまいました。すると男《おとこ》の子《こ》は、フカフカの布団《ふとん》の上《うえ》にミューを降《お》ろしました。ミューはとまどいながらも眠気《ねむけ》に勝《か》てず、眠《ねむ》りにつきました。男《おとこ》の子《こ》はずっと、ミューの側《そば》についていました。


『あれは夢《ゆめ》だったのかな？』

そんなことを思《おも》いながら、ミューは目《め》を覚《さ》ましました。

最初《さいしょ》に目《め》に入《はい》ったのは、おいしそうなミルクとパンでした。昨日《きのう》の男《おとこ》の子《こ》の姿《すがた》はもうありません。代《か》わりに見《み》たことのないおじいさんが、ソファーで横《よこ》になっていました。

おじいさんを見《み》たとたん、ミューは急《いそ》いで机《つくえ》の陰《かげ》に隠《かく》れました。すると机《つくえ》の上《うえ》に乗《の》っていたミルクのお皿《さら》がミューの足《あし》に引《ひ》っかかり、大《おお》きな音《おと》を立《た》ててお皿《さら》ごとミルクがこぼれ落《お》ちました。お皿《さら》は割《わ》れませんでしたが、おじいさんが目《め》を覚《さ》ましてしまいました。ミューはとても怖《こわ》くなりました。次《つぎ》はどんなひどいことをされるのか、考《かんが》えるのも嫌《いや》でした。

おじいさんはミューを抱《だ》きあげ、ソファーの上《うえ》に乗《の》せました。そして、床《ゆか》にこぼれているミルクをフキンで拭《ふ》きはじめました。

「……ネコちゃんや、外《そと》は寒《さむ》かっただろう。もう大丈夫《だいじょうぶ》だよ。おじいちゃんと孫《まご》のキラがいるからね。三人《さんにん》でここで暮《く》らそうな」

おじいさんは、一人言《ひとりごと》のように言《い》いました。

ミューには、意味《いみ》がよくわかりませんでした。

『キラ？　おじいさん？　三人《さんにん》で暮《く》らす？』

何度《なんど》も頭《あたま》の中《なか》で考《かんが》えましたが、ミューにはどうしておじいさんと男《おとこ》の子《こ》が自分《じぶん》に優《やさ》しくしてくれるのかわかりません。

夕方《ゆうがた》になって、キラと呼《よ》ばれる男《おとこ》の子《こ》が帰《かえ》ってきました。

キラは中学《ちゅうがく》二年生《にねんせい》で、帰《かえ》って来《く》るなり一目《いちもく》散《さん》にミューの元《もと》にやってきて抱《だ》きあげます。

「ただいま、ネコちゃん。さぁ、何《なに》して遊《あそ》ぼうか？」

キラはとても優《やさ》しく、学校《がっこう》へ行《い》っている時《とき》以外《いがい》はずっとミューの側《そば》を離《はな》れません。

「そうだ！　名前《なまえ》を決《き》めなきゃね。何《なに》がいいかなぁ？　うーん、ネコちゃん、どんな名前《なまえ》がいい？」

キラがそう聞《き》くと、ミューは小《ちい》さな声《こえ》で、〝ミュー〟と鳴《な》きました。

「ミュー？　そうか、ミューだね？　今日《きょう》からお前《まえ》の名前《なまえ》はミューだ!!」

キラは、ミューを思《おも》い切《き》り抱《だ》きしめました。でも、全然苦《ぜんぜんくる》しくなんてありません。それは、ミューが初《はじ》めて愛《あい》というのを感《かん》じはじめた時《とき》でした。

それから毎日《まいにち》、ミューはキラと一緒《いっしょ》にいました。雪《ゆき》の日《ひ》も晴《は》れた日《ひ》も、学校《がっこう》へ行《い》く時以外《ときいがい》はずっと一緒《いっしょ》でした。

ミューは家《いえ》の中《なか》から一歩《いっぽ》も外《そと》に出《で》ず、ずっとこのままこの温《あたた》かい家《いえ》の中《なか》で、キラとおじいさんと三人《さんにん》で暮《く》らしていたいと思《おも》っていました。

そんなある日《ひ》のことです。いつもならもう帰《かえ》ってきていいはずのキラが、学校《がっこう》からなかなか帰《かえ》ってきません。ミューはなぜだかとても不安《ふあん》になり、ソファーで眠《ねむ》っていたおじいさんの上《うえ》に乗《の》り、一生懸命《いっしょうけんめい》〝ミュー、ミュー〟と鳴《な》きました。しかし、おじいさんは目《め》を覚《さ》ましません。ミューは、キラを捜《さが》しに、思《おも》い切《き》って外《そと》に出《で》ることにしました。

ミューだけが通《とお》れるほどの、小《ちい》さな小窓《こまど》から飛《と》び出《で》ました。ヒューッと音《おと》が聞《き》こえるほど冷《つめ》たく厳《きび》しい風《かぜ》がミューを襲《おそ》います。足《あし》は動《うご》きません。この寒《さむ》さ、この風景《ふうけい》、いつもの温《あたた》かさはどこにもありません。いじめられていたことを思《おも》い出《だ》し、足《あし》がすくんでしまったのです。

『キラ、早《はや》く帰《かえ》ってきて!!』

ミューは、祈《いの》るように叫《さけ》びました。すると、キラが向《む》こうのほうから歩《ある》いてきます。ミューは、急《いそ》いでキラに駆《か》け寄《よ》りました。

『キラ!! 良《よ》かった! 私《わたし》の気持《きも》ちが伝《つた》わったんだわ!!』

そう思《おも》いながらキラの近《ちか》くまで行《い》くと、ミューはキラを見《み》て、とても驚《おどろ》きました。キラは足《あし》を引《ひ》きずりながら、誰《だれ》かに殴《なぐ》られたのか、顔《かお》も腫《は》れていて、腕《うで》からは血《ち》も出《で》ていました。

『キラ!!』

ミューは急《いそ》いでキラの足元《あしもと》まで行《い》きました。キラはミューに気《き》づき、泥《どろ》だらけの手《て》で抱《だ》きあげました。

「……帰《かえ》ろうか……。僕《ぼく》を迎《むか》えに来《き》てくれたんだね？　……ありがとう、ミュー」

トボトボとキラは家《いえ》に向《む》かいます。心《こころ》なしかキラの手《て》は、少《すこ》し震《ふる》えているようでした。

家《いえ》に着《つ》くと、おじいさんはまだ眠《ねむ》ったままで、キラは「ただいま」と小《ちい》さくつぶやき、すぐに自分《じぶん》の部屋《へや》に入《はい》りました。

ミューは心配《しんぱい》で、何度《なんど》もキラの頬《ほほ》をなめました。キラはそのたびに、とても切《せつ》なそうな顔《かお》をします。

『どうしたの？　そんな顔《かお》しないで』

〝ミュー、ミュー〟と何度《なんど》も鳴《な》きます。でも、キラにはただの鳴《な》き声《ごえ》にしか聞《き》こえません。

『キラ、元気《げんき》を出《だ》して。私《わたし》はここにいるよ』

〝ミュー、ミュー〟この伝《つた》わらない言葉《ことば》に、ミューの心《こころ》はギュッと締《し》めつけられているみたいでした。

「ありがとう。心配《しんぱい》してくれてるの？　優《やさ》しいね、ミューは……」

キラは、ミューの頭《あたま》を優《やさ》しく何度《なんど》もなでました。ミューは、喉《のど》をゴロゴロと鳴《な》らして頭《あたま》を擦《す》り寄《よ》せました。

『優《やさ》しいのはキラだよ……』

「僕《ぼく》……学校《がっこう》で……いじめられてるんだ」

キラは、ミューに語《かた》りはじめました。

「お父《とう》さんも、お母《かあ》さんもいなくなって、貧乏《びんぼう》で、いつも同《おな》じ服《ふく》だから……みんなにバカにされて、嫌《きら》われてるんだ。おじいさんは僕《ぼく》をとても大切《たいせつ》に育《そだ》ててくれてるけど、最近《さいきん》は眠《ねむ》ってばかりで、僕《ぼく》の話《はなし》も聞《き》いてくれないんだよ……。今日《きょう》、ミューのためにミルクとパンを持《も》って帰《かえ》ろうと思《おも》ったら、あいつらに見《み》つかってさ、僕《ぼく》から奪《うば》おうとしたんだよ。だから逃《に》げたら、殴《なぐ》られちゃったよ……」

まるでちょっと困《こま》った話《はなし》をするように、キラは話《はな》し続《つづ》けます。ミューは何《なに》も言《い》えず、ただ話《はなし》を聞《き》くしかありません。

「……僕《ぼく》のことなんて、きっと誰《だれ》も好《す》きじゃないんだよね」

ついにキラの目《め》には、涙《なみだ》が浮《う》かび上《あ》がってきました。ミューは何《なに》もできない、ただ、〝好《す》き〟という一言《ひとこと》さえかけてあげられない自分《じぶん》を、とても無力《むりょく》に感《かん》じました。

次《つぎ》の日《ひ》、キラは寒《さむ》い中《なか》にずっといたので、風邪《かぜ》を引《ひ》いてしまったのか、高《たか》い熱《ねつ》を出《だ》しているようでした。

苦《くる》しんでいるキラを見《み》て、ミューはただ祈《いの》ることしかできませんでした。おじいさんを何度《なんど》呼《よ》んでも、まったく起《お》きないからです。ミューは祈《いの》り続《つづ》けます。

『神様《かみさま》、どうかキラを助《たす》けて下《くだ》さい。私《わたし》はどうなってもかまいません。キラのことが大好《だいす》きなんです。キラに、あなたは独《ひと》りなんかじゃない、愛《あい》されているんだよって伝《つた》えて下《くだ》さい。……どうしてミューは猫《ねこ》で、キラは人間《にんげん》なの？　どうしてこの気持《きも》ちを伝《つた》えたいのに、伝《つた》わらないの？』

いつの間《ま》にか、ミューは眠《ねむ》ってしまいました。

はっとして起《お》き、キラを捜《さが》しました。

キラは高《たか》い熱《ねつ》にもかかわらず起《お》きていて、寝《ね》ているおじいさんの側《そば》に座《すわ》っていました。

まだ、熱《ねつ》は下《さ》がっていないようです。顔《かお》は青《あお》ざめていました。

ミューは動《うご》こうとしないキラを見《み》て、不安《ふあん》になりました。そして、おじいさんの膝《ひざ》の上《うえ》に飛《と》び乗《の》りました。

キラがミューをじっと見《み》て、一言《ひとこと》つぶやきました。

「……おじいさんも……死《し》んじゃった……」

キラはそう言《い》うと、ミューを連《つ》れてベッドに戻《もど》りました。ミューの心《しん》臓《ぞう》は、とても速《はや》く動《うご》いていました。キラの言葉《ことば》もわからず、おじいさんの冷《つめ》たい手《て》や、キラの体《からだ》の震《ふる》えがミューを不安《ふあん》にさせ、胸《むね》は激《はげ》しく痛《いた》むばかりでした。

キラはその日《ひ》から何《なに》も食《た》べず、どこへも行《い》かず、何《なに》も話《はな》さず、ずっとベッドで眠《ねむ》っていました。ミューは心配《しんぱい》でなりません。このまま、もしもキラがおじいさんのように動《うご》かなくなってしまったら、そう考《かんが》えるだけで、押《お》しつぶされてしまいそうな痛《いた》みを感《かん》じました。

ミューは、毎日神様《まいにちかみさま》に祈《いの》りました。

『どうか、キラを助《たす》けて下《くだ》さい。キラを幸《しあわ》せにして下《くだ》さい。キラが幸《しあわ》せになるなら、私《わたし》は死《し》んでもかまいません。どうすればキラは元気《げんき》になるのでしょうか？　せめてこの気持《きも》ち、キラに伝《つた》えられたなら……!!』

その強《つよ》い気持《きも》ちは、切《せつ》ないほど透明《とうめい》で熱《あつ》く、ミューの目《め》から涙《なみだ》となって流《なが》れました。

キラの頬《ほほ》に一粒《ひとつぶ》の涙《なみだ》が落《お》ちました。キラは眠《ねむ》っていて、ミューの涙《なみだ》に気《き》づきません。ミューはそっと、キラの頬《ほほ》にキスをしました。

その時《とき》、ミューの体《からだ》は目《め》も開《あ》けられないほどまぶしく光《ひか》り、気《き》がつくと、人間《にんげん》の女《おんな》の子《こ》に変《か》わっていました。キラはその光《ひかり》に気《き》づき、目《め》を覚《さ》ましてしまいました。

ミューは白《しろ》い布《ぬの》をかぶり、少《すこ》し小柄《こがら》な女《おんな》の子《こ》の姿《すがた》で、キラの側《そば》に座《すわ》っていました。

キラはミューを見《み》て驚《おどろ》きました。知《し》らない女《おんな》の子《こ》が側《そば》にいれば、誰《だれ》でも驚《おどろ》きます。でも、キラが驚《おどろ》いたのは、そのせいだけではありませんでした。

「……君《きみ》は……ミュー？」

キラが想像《そうぞう》していた人間《にんげん》のミューの姿《すがた》が目《め》の前《まえ》にあったからです。

ミューは、うなずきました。

「ミュー?! ミューなんだね?! 嬉《うれ》しいよ。僕《ぼく》のために会《あ》いに来《き》てくれたんだね?」

「……キラ……」

ミューは話《はな》せる自分《じぶん》にひどく動揺《どうよう》しました。でも今《いま》ならすべてを伝《つた》えられる。あんなにも言《い》いたかったことが、今《いま》なら言《い》えるのです。

「キラ、あの時《とき》、私《わたし》はキラに助《たす》けてもらって、すごく、すごく嬉《うれ》しかったの。いつも優《やさ》しくしてくれて、どんな時《とき》も一緒《いっしょ》にいてくれて、初《はじ》めて、愛《あい》っていうとってもとっても温《あたた》かいモノを感《かん》じることができたの。キラ……本当《ほんとう》に、本当《ほんとう》にありがとう」

キラは、ミューの言葉《ことば》を否定《ひてい》するように首《くび》を横《よこ》に振《ふ》りました。

「……助《たす》けてもらったのは、僕《ぼく》のほうだよ。毎日学校《まいにちがっこう》でいじめられていて、僕《ぼく》はいつも一人《ひとり》ぼっちだった。ミューを見《み》た時《とき》、白《しろ》いミューの体《からだ》はまっ黒《くろ》で、ガリガリに痩《や》せこけていて、自分《じぶん》の姿《すがた》とだぶって見《み》えたんだ。ミューと一緒《いっしょ》にいる時《とき》は、天国《てんごく》にいるようだったよ。幸《しあわ》せでずっと一緒《いっしょ》にいたいと思《おも》ってた。でも、ミューと話《はなし》ができなくて、悲《かな》しい時《とき》もあった。どうしてミューは猫《ねこ》なんだろうって、どうして僕《ぼく》は人間《にんげん》なんだろうって思《おも》った」

ミューもキラも、同《おな》じことを考《かんが》えていたのでした。二人《ふたり》は、こんなにも思《おも》い合《あ》っているのに、伝《つた》えられない、伝《つた》わらない。メビウスの輪《わ》のように同《おな》じところをグルグル回《まわ》っているだけだったのです。

「でも、結局僕《けっきょくぼく》は、誰《だれ》からも愛《あい》されず、おじいさんも……。このまま死《し》んでもいいと思《おも》ったんだ。いっそのこと猫《ねこ》になって、ミューと一緒《いっしょ》にどこか、誰《だれ》もいないところに行《い》きたいって思《おも》ってた。ミューは、どこにも行《い》かないよね？　ずっと、僕《ぼく》の側《そば》にいてくれるよね？」

「ずっと一緒《いっしょ》だよ。私《わたし》には、キラしかいないの。だから誰《だれ》からも愛《あい》されていないなんて思《おも》わないで、お願《ねが》い。キラは、ちゃんと私《わたし》を愛《あい》してくれたみたいに愛《あい》されているんだよ」

目《め》にいっぱいの涙《なみだ》をためながら、二人《ふたり》は支《ささ》え合《あ》うように寄《よ》りそい、確《たし》かめるように何度《なんど》もキスをしました。

いつの間《ま》にか二人《ふたり》は、手《て》をつないだまま目《め》を閉《と》じていました。おたがいに、幸《しあわ》せな夢《ゆめ》でも見《み》ているのでしょう。とっても幸《しあわ》せそうな笑顔《えがお》で眠《ねむ》っていました。

二人《ふたり》は永遠《えいえん》に目《め》を覚《さ》ますことはありませんでした。永遠《えいえん》の向《む》こう側《がわ》へと行《い》ったのです。

でも、二人《ふたり》は永遠《えいえん》にずっと一緒《いっしょ》で、愛《あい》が消《き》えることもありませんでした。幸《しあわ》せが、眠《ねむ》っている二人《ふたり》に永遠《えいえん》に訪《おとず》れるのです。

ダンデライオン

広《ひろ》い広《ひろ》いジャングルの中《なか》に、独《ひと》りぼっちのライオン『チル』がいました。チルは本当《ほんとう》はとても心優《こころやさ》しい、気《き》のいいライオンですが、周《まわ》りにいるキリンさんやシマウマさんやカバさん達《たち》は、チルを恐《こわ》がって近《ちか》づきません。チルはいつも独《ひと》りでごはんを食《た》べ、独《ひと》りで歌《うた》を歌《うた》い、独《ひと》りで眠《ねむ》るのです。

ある春《はる》の日《ひ》のことです。いつものようにチルは、独《ひと》りで散歩《さんぽ》に出《で》かけました。すると、チルは自分《じぶん》にそっくりな花《はな》に出会《であ》いました。黄色《きいろ》くて、自分《じぶん》と同《おな》じようにたてがみがあります。チルは、少《すこ》し離《はな》れてその花《はな》を見《み》つめていました。いつもみたいに、近《ちか》づいて逃《に》げられるのが嫌《いや》だからです。チルはおなかがすいても、夕日《ゆうひ》が沈《しず》んでも、ずっと花《はな》を見《み》ていました。

夜《よる》になり、たくさんの星《ほし》が空《そら》に浮《う》かんでいます。花《はな》はしゅんと下《した》を向《む》き、泣《な》いているみたいでした。

チルはその姿《すがた》を見《み》て、自分《じぶん》の姿《すがた》と重《かさ》なりました。そして、ついに声《こえ》を掛《か》けてしまったのです。

「僕《ぼく》はライオンのチル。僕《ぼく》と、友達《ともだち》になりませんか？」

チルは勇気《ゆうき》をふりしぼって言《い》いました。

心臓《しんぞう》はドキドキ、心《こころ》はハラハラ。それはまるで聞《き》こえてきそうなほど、大《おお》きな音《おと》です。

その時《とき》、ふぅっと風《かぜ》が吹《ふ》き、花《はな》はゆっくりとうなずきました。

チルは嬉《うれ》しくて嬉《うれ》しくて、その日《ひ》の夜《よる》は眠《ねむ》れませんでした。ずっと独《ひと》りだったチルに、初《はじ》めてできた友達《ともだち》でした。

チルは毎日毎日《まいにちまいにち》、花《はな》のところへ行《い》って歌《うた》を歌《うた》ったり、ごはんを食《た》べたり、お昼寝《ひるね》をしたりしました。花《はな》は無口《むくち》で、時々《ときどき》チルの話《はなし》にうなずくばかりでしたが、チルは楽《たの》しくてしかたがありませんでした。

チルは花《はな》に『キョン』という素敵《すてき》な名前《なまえ》をつけました。キョンはいつ

郵便はがき

恐縮ですが
切手を貼っ
てお出しく
ださい

1 6 0 - 0 0 2 2

東京都新宿区
新宿 1－10－1

(株) 文芸社

ご愛読者カード係行

書　名		
お買上 書店名	都道 府県　市区 郡　書店	
ふりがな お名前		大正 昭和 平成　年生　歳
ふりがな ご住所	□□□-□□□□	性別 男・女
お電話 番　号	(書籍ご注文の際に必要です)	ご職業

お買い求めの動機
1. 書店店頭で見て　2. 小社の目録を見て　3. 人にすすめられて
4. 新聞広告、雑誌記事、書評を見て(新聞、雑誌名　)

上の質問に 1. と答えられた方の直接的な動機
1. タイトル　2. 著者　3. 目次　4. カバーデザイン　5. 帯　6. その他(　)

ご購読新聞　新聞	ご購読雑誌

文芸社の本をお買い求めいただき誠にありがとうございます。

この愛読者カードは今後の小社出版の企画およびイベント等の資料として役立たせていただきます。

本書についてのご意見、ご感想をお聞かせください。 ① 内容について
② カバー、タイトルについて
今後、とりあげてほしいテーマを掲げてください。
最近読んでおもしろかった本と、その理由をお聞かせください。
ご自分の研究成果やお考えを出版してみたいというお気持ちはありますか。 ある　　ない　　内容・テーマ（　　　　　　）
「ある」場合、小社から出版のご案内を希望されますか。 する　　しない

ご協力ありがとうございました。


〈ブックサービスのご案内〉

小社書籍の直接販売を料金着払いの宅急便サービスにて承っております。ご購入希望がございましたら下の欄に書名と冊数をお書きの上ご返送ください。
●送料⇒無料●お支払方法⇒①代金引換の場合のみ代引手数料￥210（税込）がかかります。②クレジットカード払の場合、代引手数料も無料。但し、使用できるカードのご確認やカードNo.が必要になりますので、直接ブックサービス（0120-29-9625）へお申し込みください。

ご注文書名	冊数	ご注文書名	冊数
	冊		冊

もニコニコと笑《わら》っていましたが、夜《よる》になると必《かなら》ず下《した》を向《む》き、泣《な》いているようでした。

チルは夜《よる》になると、キョンのことが心配《しんぱい》で眠《ねむ》れません。そんな夜《よる》は、キョンのために歌《うた》を歌《うた》います。チルが独《ひと》りぼっちの時《とき》にいつも歌《うた》っていた歌《うた》です。

でも、寂《さみ》しさを紛《まぎ》らわすためだけではなく、キョンに、元気《げんき》になってもらうための歌《うた》です。キョンのために歌《うた》う歌《うた》です。その歌声《うたごえ》は、夜《よる》のジャングルに優《やさ》しく響《ひび》きました。

ある日《ひ》、チルは少《すこ》しだけ遠《とお》くまで散歩《さんぽ》に出《で》かけました。すると、キリンさん達《たち》が何《なに》かを話《はな》していました。そっと木《き》に隠《かく》れ、耳《みみ》をすませました。

「なんて素晴《すば》らしい歌声《うたごえ》でしょう」

「あの歌《うた》を聞《き》いてから、夜《よる》が楽《たの》しみでしかたがないわ」

と、キリンさんは、夜《よる》になると聞《き》こえてくる歌《うた》について話《はなし》をしていました。

「歌《うた》？　僕《ぼく》のところには聞《き》こえてこないなぁ」

チルはもっと奥《おく》に向《む》かって歩《ある》き出《だ》しました。今度《こんど》はシマウマさん達《たち》が話《はなし》をしていました。

「誰《だれ》が歌《うた》っているのかしら？」

「あんなに優《やさ》しい歌《うた》を歌《うた》うんだから、きっと優《やさ》しい方《かた》だわ」

と、また歌《うた》について話《はな》していました。

「……僕《ぼく》はジャングルの奥《おく》のほうにいるから、きっと聞《き》こえないんだろうなぁ……」

チルは少《すこ》しだけ寂《さみ》しくなりました。

そしてさらに歩《ある》き出《だ》しました。歩《ある》きながら思《おも》いました。そんな素晴《すば》らしい歌《うた》があるなら、キョンにも聞《き》かせてあげたいと。

気《き》がつくと夕日《ゆうひ》が沈《しず》みかけていたので、チルは戻《もど》ることにしました。その帰《かえ》り道《みち》のことです。偶然《ぐうぜん》にも、カバさんが歌《うた》を歌《うた》っているのが聞《き》こえてきました。

♪大丈夫《だいじょうぶ》だよ、寂《さみ》しくないよ。僕《ぼく》はここにいるよ。どんな時《とき》でも笑《わら》っていてね。さぁ涙《なみだ》をふいて、僕《ぼく》と一緒《いっしょ》に歌《うた》を歌《うた》おうよ♪

チルはびっくりしました。その歌《うた》は毎晩《まいばん》、キョンのために歌《うた》っていた歌《うた》だったからです。チルの作《つく》った歌《うた》です。チルは、やっと気《き》づきました。キリンさんやシマウマさんやカバさん達《たち》が話《はな》していた素晴《すば》らしい歌《うた》というのが、自分《じぶん》が歌《うた》っていた歌《うた》だということに。チルは走《はし》りました。キョンの元《もと》へ走《はし》りました。信《しん》じられない気持《きも》ちや、言葉《ことば》にできないくらい嬉《うれ》しい気持《きも》ちや、少《すこ》しとまどっている気持《きも》ちを、早《はや》くキョンに伝《つた》えたくてたまりませんでした。

キョンの元《もと》にたどり着《つ》いた時《とき》には、もうまっ暗《くら》な夜《よる》になっていました。

「キョン!! 僕《ぼく》の歌《うた》が素敵《すてき》だってみんなが言《い》うんだ!! 楽《たの》しみでしかたがないって!! 僕《ぼく》の歌《うた》を歌《うた》ってるんだよ!! あぁっ!! 夢《ゆめ》みたいだ!!」

チルは嬉《うれ》しくて興奮《こうふん》していましたが、キョンはいつものように下《した》を向《む》いていました。

その日《ひ》の夜《よる》は、歌《うた》を歌《うた》うのに少《すこ》し緊張《きんちょう》しました。いつもよりも大《おお》きな声《こえ》で、少《すこ》し澄《す》ました声《こえ》で歌《うた》いました。


次《つぎ》の日《ひ》から、チルは毎日《まいにち》キリンさんやシマウマさんやカバさん達《たち》のところへ行《い》き、こっそりと話《はなし》を聞《き》いていました。みんな、チルの歌《うた》う歌《うた》の話《はなし》をしながら、その歌《うた》を歌《うた》うのでした。それを聞《き》くと、嬉《うれ》しくて嬉《うれ》しくて、思《おも》わず踊《おど》り出《だ》しそうでした。

そのうち、チルはキョンの側《そば》にいるよりも、キリンさんやシマウマさんやカバさん達《たち》の近《ちか》くにいることが多《おお》くなりました。

そしてある晩《ばん》です。チルはいつものように、キョンの隣《となり》で歌《うた》を歌《うた》っていました。キョンは下《した》を向《む》いたままです。そんなキョンを見《み》て、チルは思《おも》いました。もっとみんなの近《ちか》くで歌《うた》えば、もっとほめてくれるかもしれない！　もしかしたら僕《ぼく》だと気《き》づいて、友達《ともだち》になってくれるかもしれない！　そう思《おも》ったチルは、そのときからキョンの側《そば》ではなく、キリンさんやシマウマさんやカバさん達《たち》の少《すこ》しでも近《ちか》くに行《い》って、歌《うた》うことにしました。

チルはいつの間《ま》にか、キョンのためではなく、自分《じぶん》のために歌《うた》を歌《うた》うようになりました。

そんな頃《ころ》、だんだんとキリンさんもシマウマさんもカバさん達《たち》も、歌《うた》の話《はなし》をしなくなり、歌《うた》も歌《うた》わなくなりました。チルは、それでも毎日夜《まいにちよる》になると歌《うた》を歌《うた》います。いつか自分《じぶん》に気《き》がついてくれるんじゃないかと思《おも》いながら、精一杯《せいいっぱい》歌《うた》い続《つづ》けました。

そのうち、チルは必死《ひっし》になって歌《うた》い続《つづ》けたので、声《こえ》が枯《か》れてしまいました。そんな声《こえ》で歌《うた》う歌《うた》は、素晴《すば》らしくもなく、気持《きも》ちもこもっていないので、誰《だれ》も感動《かんどう》なんかしませんでした。それどころか、キリンさんはこんなふうに言《い》いました。

「あんな声《こえ》で歌《うた》われると、耳《みみ》が痛《いた》くなるよ」

シマウマさんが言《い》いました。

「あの歌《うた》を聞《き》くと、イライラしちゃうわ」

カバさんも言《い》いました。

「まるで悪魔《あくま》が歌《うた》ってるみたいだ」

チルは、目《め》の前《まえ》がまっ白《しろ》になりました。ただ、みんなと一緒《いっしょ》にいたかっただけなのに。独《ひと》りぼっちが嫌《いや》だっただけなのに。

チルはハッとしました。キョンなら僕《ぼく》の側《そば》にいてくれると思《おも》い、すぐにキョンの元《もと》へ走《はし》りました。

ずっとほったらかしにしていて会《あ》っていなかったので、チルはキョンに会《あ》いたくて会《あ》いたくてたまりませんでした。

キョンを久《ひさ》しぶりに見《み》ると、何《なに》か様子《ようす》が変《へん》でした。自分《じぶん》と同《おな》じ黄色《きいろ》のたてがみは少《すこ》し白《しろ》くなり、まだ夜《よる》になっていないのに、下《した》を向《む》いていました。

チルは思《おも》いました。自分《じぶん》がキョンをほったらかしにして他《ほか》のところへ行《い》っていたから、寂《さみ》しくて病気《びょうき》になったんじゃないかと。

チルは自分《じぶん》を責《せ》めました。独《ひと》りぼっちの寂《さみ》しさを知《し》っていながら、独《ひと》りぼっちにさせてしまったことを責《せ》めました。

「ごめんね、ごめんね。僕《ぼく》の初《はじ》めての友達《ともだち》だったのに、いつも話《はなし》を聞《き》いてくれていたのに、独《ひと》りぼっちにさせてごめんね、キョン」

チルの目《め》から、涙《なみだ》がポロポロとあふれました。チルはもう、キョンを独《ひと》りぼっちになんてさせないと強《つよ》く思《おも》いました。

チルはその日《ひ》から、歌《うた》を歌《うた》うのをやめました。毎日《まいにち》、そっとキョンに寄《よ》り添《そ》って眠《ねむ》るのです。雨《あめ》の日《ひ》はキョンが濡《ぬ》れないように上《うえ》にかぶさり、風《かぜ》の日《ひ》はキョンを守《まも》るようにして眠《ねむ》ります。毎日毎日《まいにちまいにち》、キョンだけを思《おも》っていました。

そんな気《き》持《も》ちとは反対《はんたい》に、キョンはどんどん白《しろ》くなっていきます。そしてすぐに、キョンはまっ白《しろ》になってしまいました。

チルは、このままキョンが死《し》んでしまうのではないかと心配《しんぱい》で、眠《ねむ》れない夜《よる》が続《つづ》きました。

そして、チルがついウトウトしてしまっていた時《とき》、とても強《つよ》い風《かぜ》がキョンをゆらしました。白《しろ》くなったキョンは、チルの目《め》の前《まえ》で空高《そらたか》く飛《と》んでいきました。

「キョン!!」

チルは急《いそ》いでキョンを追《お》いかけましたが、全然《ぜんぜん》追《お》いつきません。涙《なみだ》があふれて前《まえ》がよく見《み》えません。

チルは何度《なんど》もキョンの名前《なまえ》を呼《よ》びながら追《お》いかけますが、もう見《み》えないところまで行《い》っていました。ずいぶん奥《おく》のほうまで来《き》て、チルは帰《かえ》り道《みち》もわからなくなってしまいました。

チルは泣《な》き崩《くず》れました。キョンを死《し》なせてしまったと、自分《じぶん》を責《せ》めました。

トボトボと知《し》らない道《みち》を歩《ある》いていると、チルは疲《つか》れていて足元《あしもと》がふらふらだったために、谷《たに》へ落《お》ちてしまいました。小《ちい》さな谷《たに》だったので命《いのち》は助《たす》かりましたが、足《あし》を怪我《けが》してしまい、動《うご》けなくなっていました。

痛《いた》くて、寂《さみ》しくて、また独《ひと》りぼっちです。こんな山奥《やまおく》では誰《だれ》にも気《き》づかれません。チルは怖《こわ》くなりました。

やがて夜《よる》になりましたが、チルには大《おお》きな月《つき》とたくさんの星《ほし》しか見《み》えません。チルはキョンを思《おも》い、歌《うた》を歌《うた》いだしました。ずっと歌《うた》っていなかったので、きれいな声《こえ》に戻《もど》っていました。チルはキョンのためだけに歌《うた》いました。その歌声《うたごえ》は本当《ほんとう》に素晴《すば》らしいものでした。

チルの足《あし》の怪我《けが》はとても痛《いた》みましたが、キョンを失《うしな》ったことを思《おも》うと全然平気《ぜんぜんへいき》でした。ただ、歌《うた》を歌《うた》い続《つづ》けました。その歌《うた》はジャングル中《じゅう》に響《ひび》き渡《わた》りました。

キリンさんとシマウマさんとカバさん達《たち》は、その歌声《うたごえ》に引《ひ》き寄《よ》せられて、ついにチルが落《お》ちた谷《たに》まで来《き》ていました。そして、怪我《けが》をしているチルを見《み》つけると、恐《こわ》がりながらもチルを助《たす》けてくれました。

「ありがとう。僕《ぼく》は、ライオンのチルです」

キリンさんは言《い》いました。

「……チルって、もっと恐《こわ》いと思《おも》ってたわ」

シマウマさんが言《い》いました。

「チルの歌《うた》だったのね。とっても優《やさ》しくて、素敵《すてき》な歌《うた》だわ」

カバさんも言《い》いました。

「独《ひと》りなの？　よかったら一緒《いっしょ》においでよ。そして、歌《うた》をもっと聞《き》かせてほしいな」

みんなは笑顔《えがお》で迎《むか》えてくれました。今《いま》までみんなに嫌《きら》われるのが嫌《いや》で自《じ》分《ぶん》から近寄《ちかよ》ろうとしなかったのに、思《おも》いがけず、一度《いちど》にたくさんの友達《ともだち》ができたのです。

チルの怪我《けが》が治《なお》るまで、みんなは一生懸命《いっしょうけんめい》に世話《せわ》をしてくれました。

そのお礼《れい》にチルは、歌《うた》を歌《うた》いました。みんなはとても喜《よろこ》んでくれました。

寒《さむ》い冬《ふゆ》の日《ひ》は、みんなでおしくらまんじゅうのようにして眠《ねむ》りました。

たくさん笑《わら》い、たくさん歌《うた》いました。チルはもう独《ひと》りぼっちではありませんが、キョンを想《おも》うと寂《さみ》しくなります。だから、いつまでもいつまでも、キョンのために歌《うた》を歌《うた》います。

そしてまた、春《はる》が来《き》ました。キョンと出会《であ》った春《はる》です。

チルはキョンとの思《おも》い出《で》を誰《だれ》にも話《はな》してはいません。チルだけの心《こころ》の中《なか》にキョンはいます。

ある日《ひ》、キリンさんは言《い》いました。

「今日《きょう》は、みんなであっちの山《やま》まで行《い》ってみましょうよ」

シマウマさんが言《い》いました

「そうね。あの山《やま》にはたくさんきれいな花《はな》が咲《さ》いているしね」

カバさんも言《い》いました。

「そうだよ。チル、君《きみ》にそっくりな花《はな》が咲《さ》いているんだよ」

チルの心《こころ》はズキンッと痛《いた》みました。まるで心《こころ》の中《なか》のキョンが、針《はり》で心《こころ》を刺《さ》したみたいでした。

キリンさん達《たち》の言《い》う山《やま》は、キョンが飛《と》んでいってしまった方向《ほうこう》です。

山《やま》が近《ちか》づくにつれて、チルの心《こころ》はドキドキと大《おお》きく鳴《な》りました。

「この丘《おか》を越《こ》えれば、きれいな花《はな》がたくさん咲《さ》いているよ」

「チルの花《はな》でしょ？」

「ねぇ、何《なに》か聞《き》こえない？」

みんなの話《はな》す声《こえ》とは違《ちが》う何《なに》かが、みんなの耳《みみ》に聞《き》こえてきました。その声《こえ》は、チルの足《あし》を止《と》めます。キリンさんとシマウマさんとカバさん達《たち》は、同時《どうじ》に叫《さけ》びました。

「チルの歌《うた》だ!!」

みんなの耳《みみ》に入《はい》ったのは、誰《だれ》かの歌《うた》うチルの歌《うた》でした。キリンさんもシマウマさんもカバさん達《たち》も走《はし》って丘《おか》を越《こ》え、歌《うた》の聞《き》こえるほうへ行《い》きましたが、チルの足《あし》はなかなか前《まえ》へ進《すす》んでくれません。

やっとの思《おも》いで丘《おか》の上《うえ》に立《た》つと、まぶしいほどの黄色《きいろ》い花《はな》が山一面《やまいちめん》に咲《さ》いていました。それは、キョンが飛《と》ばした白《しろ》い花《はな》が、たくさんの黄色《きいろ》い花《はな》になったものでした。

チルの目《め》に、涙《なみだ》があふれてきます。

キョンは、死《し》んだのではありませんでした。

たくさんの仲間《なかま》と一緒《いっしょ》に、チルが歌《うた》ってくれた歌《うた》を、楽《たの》しそうに歌《うた》っているのです。


♪大丈夫《だいじょうぶ》だよ、寂《さみ》しくないよ。僕《ぼく》はここにいるよ。どんな時《とき》でも笑《わら》っていてね。さぁ涙《なみだ》をふいて、僕《ぼく》と一緒《いっしょ》に歌《うた》を歌《うた》おうよ♪


チルはもう独《ひと》りぼっちではありません。

そして、キョンも独《ひと》りぼっちではありません。チルもキョンも友達《ともだち》です。

それから毎日《まいにち》のようにチルは、キリンさんとシマウマさんとカバさん達《たち》を連《つ》れて、キョンに会《あ》いに行《い》きます。

友達《ともだち》を連《つ》れて、キョンに会《あ》いに行《い》くのです。

著者プロフィール

甲斐　木綿子（かい　ゆうこ）

1982年京都府生まれ。

活字マニアで本が大好き。イラストも描く。

今後も、読んで笑ったり泣いたりできる情感豊かな作品を作り続けていきたい。

永遠《えいえん》の向《む》こう側《がわ》

2004年8月15日　初版第1刷発行

著　者　甲斐 木綿子
発行者　瓜谷 綱延
発行所　株式会社 文芸社
〒160-0022　東京都新宿区新宿1-10-1
電話　03-5369-3060（編集）
03-5369-2299（販売）
印刷所　株式会社 フクイン

ISBN4-8355-7760-4　C8093